질그릇에 담긴 보배

선교사 10인 공동시집

질그릇에 담긴 보배

1판 1쇄 발행	2021년 12월 31일
지은이	김윌리엄 외 9인
발행인	이선우
펴낸곳	도서출판 선우미디어

등록 | 1997. 8. 7 제305-2014-000020
02643 서울시 동대문구 장한로 12길 40, 101동 203호
☎ 2272-3351, 3352 팩스: 2272-5540
sunwoome@hanmail.net
Printed in Korea ⓒ 2021. 김윌리엄 외

값 13,000원

ISBN 978-89-5658-687-8 03810

질그릇에 담긴 보배

선교사 10인 공동시집

김윌리엄
박데보라
박바울
박엘리야
박은혜
배마리아
양다니엘라
유한나
이사라
진요셉

선우미디어 sunwoomedia

질그릇에 담긴 보배

우리가 이 보배를 질그릇에 가졌으니 이는 심히 큰 능력은 하나님
께 있고 우리에게 있지 아니함을 알게 하려 함이라.

(고린도후서 4장 7절)

단단하고 빛나는 그릇 아니었네.
누구도 눈여겨보지 않는 투박한 그릇이었네.

부스러지는 흙으로 빚어진 그릇
깨지기 쉬운 약한 그릇.

아! 우리를 지으신 토기장이 주님
깊고 깊은 사랑의 눈으로 바라보셨네.

흠 없으신 거룩한 주님
죄와 죽음의 그늘에 앉은 우리를 위해
십자가에서 대신 피 흘리셨네.

고귀한 생명 바치신 희생과 사랑으로
우리에게 구원의 은혜와 영원한 생명 주셨네.

그 십자가 사랑과 은혜에 감격하여
세상 만민에게 구원을 주는 복음의 일군 된 우리.

이 땅에 머무는 날 동안
은혜의 부르심 따라
우리 안에 담기신 보배,
예수 그리스도 그 이름을 위하여

이방인들이 마음 문 활짝 열고 주님 영접하도록
그 이름 믿고 구원에 이르도록

오늘도 기도의 손 모으며
눈물로 복음의 씨 뿌리네.

질그릇에 담기신 보배, 예수님과 함께…

유한나

| 차례 |

김월리엄
(William Kim)

남산 UBF에서 성경공부(1989.3~1997.7)
미국 뉴욕 유학생 선교사(1997.7~)
Louisiana State University에서 영어학 박사
그곳에서 7년 동안 가정교회 사역
인도네시아 자카르타 국제학교에서 IBDP과정의 한국문학 강의(2011)
인도네시아 Sinarmas World Academy 국제학교 교감(2011~현재)
인도네시아 BSD UBF 선교사(2011~현재)

달의 기도

대학교 기숙사 창문으로
가끔 보이는 달은 늘 기도를 했다

도넛 가게에 일하러 가려고
새벽 3시에 일어나
준비하고 있는 아내의 등 뒤에서도
달은 늘 기도를 했다

달은 외로워도 기도를 하였고
달은 어두움이 싫어서도 기도를 했다

척추의 뼈처럼 누워있는 철로 위로
미시시피 강변을 따라
한참이나 스치듯 흐르는 기차 소리를 들으며
자고 있던 아이를 뒤로하고
일터로 아내를 데려다주던 새벽에도
달은 기도를 했다

고요한 어둠의 장막이 사르르 지나가면
나의 기도는 잠시 쉴 것이라고
달은
내 마음속 사람에게만 조금 이야기를 해 두었다.

델타 변이가 오고 나서

하루에도 수천씩 쓰러지는
어느 가을 거리의 은행 낙엽처럼
사람들의 넋이 서러운 저녁
이른 시각인데
식당의 문들이 하나둘 서둘러 닫히고
오래된 가로등 불빛 아래
서너 개의 커다란 열대 낙엽들은
이따금 부는 바람에
어깨를 들썩이며 흐느낀다
어둠 속 어딘가에서
가만히 지켜보고 있을
변이들의 눈이 부담스러운 밤
앰뷸런스는 하늘로 땅으로
부상자들을 실어 나르고
적지 않은 사람들은
산소통에 매달려 연명을 하는
아하, 적도의 나라 인도네시아여!
짙어가는 열대의 밤하늘로

가만히 흩어져 가는 것은
의료용 마스크 한쪽을 비집고 나가는
나의 나지막한 기도 소리뿐.

하늘이 화답하는 날

이층 베란다 창가에서 보이는
맑은 하늘로부터
기역과 아 모음과 미음과 시옷과 아 모음이 쏟아진다

나의 기도 속에 감사가 샘물 솟는다

하늘에서 비처럼 내리어 주시는 문자들
시옷과 아 모음과 리을과 아 모음과 이응
시옷과 오 모음과 미음과 아 모음과 이응
미음과 이 모음과 디귿과 으 모음과 미음

내 마음속 우물이 울리고
문자는 글자가 되고
어휘는 모여져 꽃처럼 시가 되는 날
바이러스가 사람들은 오염을 시켜도
한 점의 때도 묻지 않은 말들

향기로운 말들이
바람에 날려 비둘기처럼 내려앉는 날
사랑과 소망과 믿음이
내 가슴속 깊은 곳에 스며들어 오는 날.

가을의 기도

잘 익어 땅에 떨어진
밤 집의 밤톨처럼
이 가을에는
좀 더 낮아져도
새로이 열린 하늘을 우러르며
겸허히 기도하는
가을의 사람이 되길 원합니다

무서리 내려앉아
갈 때를 아는
명아주 풀잎들처럼
이 가을에는
한 발 뒤로 물러나 손을 비우고
겸허하게 기도하는
가을의 사람이 되길 기도합니다.

노래하는 당신

노래의 향기로 가득한 거리
나는 발걸음을 멈추고 바라본다
노래가 나오는 사람의 입은 꽃처럼
꽃향기가 흘러나온다

새들의 노래보다 향기로운 사람의 노래
노래하는 사람은 땅에 사는 천사다
나무도 할 수 없는 사람의 운율
바람도 할 수 없는 사람의 음률

맑은 영혼의 샘물에서 입으로 흘러나오는 노래
사람의 가슴을 적시고 거기서 꽃씨를 심는다
당신의 입이 이 시간 노래를 하신다면
당신은 이미 제게 아주 귀한 꽃 선물.

성탄 이브

서녘 하늘의 해거름
해는 수평선 아래로 페이드아웃
저녁의 막이 오른다

별들은 수천의 눈동자 합창하는 하늘
산마루에 걸쳐 앉은 보름달
조명처럼 빛을 쏟아낸다

씻은 듯이 흠도 티도 없는 수정 하늘
뮤지컬 무대가 차려지고
살아 있는 밤 은하수처럼 흐르는
내 영혼의 따스한 피
밤의 심장에 손을 넣어 본다

사랑하는 임의 이름
고백하기 좋은 이 밤
온 하늘에 던져 본다
슈퍼스타, 지금 오시나요?

박데보라

Deborah Park

본명 김원화
제주 UBF에서 성경공부(2002~2009)
제주한라대학교 작업치료과 졸업(2005)
세르비아 선교사(2009~현재)
국가평생교육진흥원 외국어로서의 한국어학(문학사) 학위 수료(2019)
세르비아 노비사드 세종학당 운영요원(2020~현재)

영주권

얼마나 부르심에 흔들렸던가
얼마나 뒤를 돌아보았던가
얼마나 가슴 졸이며 살았던가

일 년 비자 연장을 받으면
하나님이 주신 상처럼 기뻐하고
6개월 비자만 받으면
지난 시간을 돌아보며 회개했던 지난 12년!

하나님은 부르심을 확증해 주셨네.
지난 12년은 광야였으며
이제는 세르비아가 약속의 땅이라 말씀하시네.

얼마나 많은 이들의 기도와 섬김으로 얻은 것인가.
흔들리는 가운데 하나님은 부르심을 순수하게 하셨고,
가슴 졸이는 날들 속에서
이 땅의 삶이 천성을 향해 가는
나그네요 외국인임을 알게 하셨네.

*영주권 취득 후에 쓴 시(2021. 2)

고난 속의 행복

아픈 세 아이를 데리고 병원에 갔다.
다윗은 아기띠방으로 업고
두 아이와 함께 의사 진료를 기다린다.
간호사의 호명에 세 아이를 데리고 진료실에 들어가니
의사도 간호사도 모두 놀란다.

세 명 다 아프다며 여러 번 확인하는 간호사 앞에
데보라는 혼자 앉아서 진찰을 받고,
이삭이는 의사 선생님의 '아' 하는 말에 '메롱'이라고 말해
의사 선생님과 나를 웃게 한다.

사실 세 명이 아니라 네 명인데
네 명을 키우며 별의별 일이 많다.
고생이 많다.
그만큼 웃을 일도 많다.

*2019.3 아픈 아이 셋을 데리고 병원 진료 후 쓴 시

내 생명이 향기 나게 하소서

예수님이 우리 위해 그 생명을 쏟아부으셨네.
여인은 알았네. 예수님이 누구신 줄을.

여인은 향유를 예수님의 머리에 부었네.
말로 다 할 수 없는 사랑이기에 행동으로 고백하네.

나도 예수님을 만나고 내 생명을 쏟아붓겠다고 했지.
내 향유를 어디에 쏟아부어야 하나.

예수님 말씀하시네.
'작은 자 하나에게 한 것이 곧 내게 한 것이라'

그렇지!
남편에게 내 생명을 부어야지.
그렇지!
자녀에게 내 생명을 부어야지.
그렇지!
직장에서 내 생명을 부어야지.

그렇지!
양들에게 내 생명을 부어야지.

주님을 위해 나눈 이 생명이 향기 나게 하소서.
제 추한 냄새가 아니라 주님의 향기가 나게 하소서.
생명이 살아나는 향기가 되게 하소서.

참믿음

믿음이 있다고 생각하였다.
내 믿음이 크다고 생각하였다.
그래서 선교사로 왔다고 생각하였다.

그 믿음의 정체가 드러나기 시작하였다.

불가능한 상황을 만났을 때
내 믿음이 가능성을 믿는 믿음이었다는 것을 알았다.

나를 도와줄 사람이 없을 때,
내 믿음이 사람들을 믿는 믿음이었다는 것을 알았다.

내가 할 수 없는 상황에 놓였을 때,
내 믿음이 나를 믿는 믿음이었다는 것을 알았다.

내 믿음의 거품들이 사라지고 사라질 때,
겨자씨보다도 작은 믿음을 주님은 내 안에 심으셨고,
새롭게 믿음을 키워 가신다.

그리고 칭찬하신다.
"네가 작은 능력을 가지고서도 내 말을 지키며
내 이름을 배반하지 아니하였다"
착하고 충성된 종아!

가정 예배

온 가족이 함께 예배를 드린다.
아이들과 정신없이 예배드리며,
아이들이 하나님을 온 마음으로 예배드릴 날을 소망한다.
아이들처럼 하나님 앞에 고집을 피우고 있지는 않은지
나를 돌아본다.

박바울
(Pablo Park)

본명 박수산
광운대 전자계산학과 졸업(1992~1999)
경성 UBF에서 성경공부(1992~2002)
코스타리카 개척 선교사(2002.4~2016.6)
멕시코 선교사(2016.7~현재)
멕시코 께레따로 삼성전자 근무

하늘이 높음같이

하늘은 땅보다 높다
닿을 수 없을 만큼 저만치 높다
비와 눈은 하늘에서 내린다
다시 그리로 돌아가지 않는다

하늘에서 내린 비와 눈은
땅을 적시고 싹이 나게 한다
결국엔 열매가 맺히게 하고
파종할 씨앗과 먹을 양식을 준다

땅에 사는 우리는
애써 하늘을 외면하며 산다
내 생각과 내 길을 고집하며
자신의 소견에 옳은 대로 행한다

하늘이 주는 풍성함을
그저 누리기만 하는 우리는
악한 길을 가고 잘못된 생각을 해도

도무지 버리고 바꿀 줄을 모른다

하나님의 길이 내 길보다 높다.
하나님의 생각이 내 생각보다 높다
하나님의 말씀은 헛되이 돌아가지 않는다
반드시 그의 명하신 뜻을 이룬다.

더 낮아지기보다는 이미 낮은 곳에 있음을
겸손해지기보다는 겸손할 수밖에 없는 존재인 것을
이제는 바로 인식하고 살아야겠다
하늘이 높음같이 하나님의 길과 생각은 높고도 높다

나는 왜

나는 왜 긴긴날 의심하고 회의했을까
하나님의 계획은 이토록 완벽한데
나는 왜 긴긴밤 불안해하고 두려워했을까
하나님의 시간표는 이렇게 정확한데

나 혼자 기대하고 실망하고
또다시 기대하고 낙심하고
정작 하나님은 부르심을 후회하시지도
그 계획을 변경하신 적도 없으신데

그분의 침묵의 언어를
다만 신뢰로 간직했었더라면
그분의 무오한 계획을
다만 인내로 기다렸었더라면

축복의 시간에 나는
자책과 회개의 눈물을 덜 흘렸을까
승리의 순간에 나는

더 큰 감사와 찬양을 그분께 드렸을까

주 뜻대로

주께서 오라 하시면
주께서 오라 하시면
내 가진 것 모두 버리고
주께 나아오기 원하나이다

주께서 가라 하시면
주께서 가라 하시면
이 세상 끝까지라도
지금 나아가기 원하나이다

나의 갈 길을 밝히 비춰주시고
주의 도를 알게 하시며
세상의 모진 비바람 속에서
나를 지켜주시옵소서

주여, 이제 내가 무엇을 바라리오
내가 무엇을 바리리오
나의 소망 주께 있으니

항상 주 뜻대로 살게 하소서

감사
- 나의 가장 특별한 일 (추수감사절)

기억하지 않으시는 하나님께 감사합니다
잊고 싶어도 잊혀지지 않는 내 모든 죄
스스로도 용서하기 어려운 내 모든 허물을
아예 기억조차 않으시는 하나님

기억하시는 하나님께 감사합니다
사랑하는 사람들이 혹시 나를 잊을지라도
나의 이름을 그 손바닥에 새기시고
결코 잊지 않고 기억하시는 하나님

침묵하시는 하나님께 감사합니다
힘들고 어려운 고난의 시간들
끊이지 않는 수많은 질문 속에
침묵의 언어로 신뢰를 배우게 하시는 하나님

말씀하시는 하나님께 감사합니다
갈 바를 알지 못해 혼돈스런 순간들
흔들리는 마음 가다듬는 기도의 나날들 끝에

성경의 언어로 갈 길을 보여 주시는 하나님

실패케 하시는 하나님께 감사합니다
나를 자랑하고 나를 드러내고 싶을 때
성공으로 높아지고 자족하게 두시지 않고
실패를 통해 겸손의 자리로 인도하시는 하나님

승리케 하시는 하나님께 감사합니다
나를 낮추고 하나님의 은혜만 붙들 때
실패로 끝나지 않는 감동의 스토리를 써가시며
넉넉히 승리케 하시고 영광 받아주시는 하나님

나의 나 된 것은 오직 하나님의 은혜요
나의 나 된 것이 세상의 가장 큰 기적입니다
평범한 일상 속에 기적을 만들어 가시는 하나님
오늘도 그 하나님께 감사하는 것이
나의 가장 특별한 일입니다.

푯대

과거에 한 일은
이제 그만 잊어버려야 한다
아무리 자랑스럽고
아무리 영광스러운 일일지라도

뒤에 있는 것은
기억하지 말아야 한다
아직 내 손 안에 잡은 것은
아무것도 없다

오늘 할 일에
마음을 집중해야 한다.
아무리 고난이 있고
아무리 험난한 여정일지라도
앞에 있는 것을
잡으려고 전진해야 한다
여전히 푯대를 향하여, 부름의 상을 위하여
나는 달려야 한다

박엘리야

(Elijah Park)

본명 박수민
한양 UBF에서 성경공부(1988.3~1998.2)
한양대 영문학과 졸업
폴란드 바르샤바 개척 선교사(1998.2~현재)
폴란드 포스코인터내셔날 근무(1999~현재)

거주 제한

흑암 속에
갇힌 예수
빛조차 어둠에 포위된 채
싸늘해져 갇힌 몸

정지된 적막함 속
슬퍼하는 여인들에게나
되돌아선 제자들에게도
아무 말, 아무 몸짓도 할 수 없는 통제구역

고통을 지나간 적막
손 쓸 수 없는 무방비상태
그리고 무기력 속에서
한 방울의 물과 피도 남지 않은
돌무덤 속의 완벽한 제한 속에서

비로소
약속이 성취되어간다

부활의 날이 다가온다
어둠이 무기력해지고
고통과 눈물의 자리가 영광스러워질
완전한 자유의 날이 다가온다

시간과 공간이 무의미해지고
썩어질 것에 무릎을 꿇던 육체들의 제한이 풀려지고
원래 계획했던 대로
한결같이 약속했던 대로
모든 굴레와 제한이 해제될 그 날이 온다

이 소망 때문에
갇힘 속에서도 우린 자유롭다.

십브라와 부아

두려웠겠지
생명을 건 도전이었겠지
누군들 권력 앞에 조용히 살고 싶지 않겠나마는
신앙의 양심이 있었고
하나님이 크게 두려웠겠지
눈에 보이지도 않는 하나님을 두려워하는 일은
언제나 생명을 건 일인지 모르겠다

이름나는 걸 부러워하지 말자
힘이 없다는 것에 주눅 들지 말자
악한 권세에 맘고생한다고 불평하지 말자
하나님의 구속 역사엔
자기 자리에서 자기 소명을 다한 사람들의 이름이 드높다
어떻게 살아야 할지
두 산파의 이름이 선명하게 가르쳐주고 있다.

누가복음 2장의 시몬과 안나는 얼마나 은혜로운가
84세 과부에게 임한 그리스도의 만남은 얼마나 은혜로운가

시몬과 안나는 하나님의 구속 역사에 기록된 이름들이고
태양의 아들들은 그냥 스쳐 지나가는 먼지보다 못한
관광 볼거리로만 남아 있다
그러면 이제 어떤 사람이 돼야 하는가?
점점 더 선명해져 간다.

코로나

텅 빈 거리에 사이렌 소리가 경종을 울립니다
이제 세상엔 손님이 없는 식당이 되고
관중이 없는 텅 빈 경기장이 되고
미친 듯이 열광하던 모든 몸부림이 멈추었습니다.
비로소
곧 우린 주엄열매를 먹게 될지 모르겠습니다.

제한을 받고서야 자유를 그리워합니다
일상을 잃고서야 피곤함을 느낍니다
무엇 때문인가요?
세상을 가난하게 하시는 주님, 감사드립니다.
비로소
곧 우린 잊었던 창조주 하나님을 기억해 낼지 모르겠습니다.

이렇게 가난해지고도
주님 앞에 무릎을 꿇고 나오지 않는다면
우린 더 큰 환난으로 들어갈지 모릅니다.
지금이라도 소망과 진리의 닻을 주님께 든든하게 내리고

미동치 않는 믿음과 겸허함으로 주님 앞에 나올 수 있다면 비로소
곧 우린 원래의 모습으로 돌아갈 수 있을 겁니다.
그것만은 확실합니다.

만나

겨울 이겨낸 봄엔 요한복음을 읽고 싶습니다
은혜와 진리가 충만한 그리스도를 만나고 싶기 때문입니다
이전보다 한결 무더워지는 여름엔
사도행전과 로마서를 읽고 싶습니다
영혼과 세상 만민을 향한
하나님의 사랑과 열정에 빠져보고 싶기 때문입니다
생명이 차분해지는 가을엔 전도서를 읽고 싶습니다
가난하지만 풍요로운 삶의 즐거움을 만끽하고 싶기 때문입니다
햇살 보기 어렵고 밤이 긴 겨울엔 계시록을 읽고 싶습니다
찬란한 영광의 회복과
어린 양 예수 그리스도의 완전한 하나님 나라의 소망으로
가슴이 터져보고 싶기 때문입니다

어제와 똑 닮은 오늘이라 해도
하나님을 만나는 아침마다 새롭습니다
계절 따라 오늘의 만나를 주시는 하나님은
은혜와 사랑이 한없으신 아버지이십니다.

옹달샘 이야기

한 사랑이 차갑고도 큰 바위에 내려앉았다
투명해서 눈에 띄지도 않게 그리고 또 조용히
바위는 응답하지 않았고
눈길조차 주지 않았다
차갑고도 큰 바위는
화려한 봄날의 환상의 축제 속에서
모든 세상을 품는 듯했다
여름날의 안식을 주는 듯했고
가을날의 어지러운 황금빛 속에서
언제나 견고하게 버티고 있었다
계절도 잊은 한 사랑은 그때의 미소로 여전히 바위 위에 내리고
또 어디론가 사라졌다
바위의 온도를 품고도 남을 겨울의 어느 날
주께서 바위의 심장을 열어 주시는 그 순간
증발해 버렸던 한 사랑이 폭포수처럼 쏟아져 내려와
열린 바위의 심장으로 들어가
흔적이 없어진 그 바위의 자리 위에
옹달샘으로 태어났다.

초신자 성경 공부

부활의 계절이 오네요. 부활이 무슨 뜻이죠?

그거 알에서 깨어나는 거 아닌가?

하하 그건 부화고요, 부활은 죽은 사람이 다시 살아나는 거예요

그럼 난 부활했구나.

작년에 뇌출혈로 3일 동안 죽었다가 살아났지 않았냐

하하 맞아요, 부활한 삶을 사시는 거네요

그러게.

공자님도, 석가모니도 위대한 사람이지만 다 죽었잖아요,

죽었다가 다시 살아 무덤이 없는 분이 계세요.

응, 예수님

할렐루야! 맞습니다. 부활하셨으니 죽었다는 거죠. 왜 죽으

셨을까요?

응, 십자가에서(십자가를 그리시며) 만민을 위해 죽으셨지.

할렐루야! 맞습니다.

그 만민 안에 어머니도 계시고 저도 있지요.

세상에 죄 없는 사람이 어디 있겠니. 다 죄인이지.
할렐루야! 맞습니다.
예수님이 죄인들을 위해 죽으시고,
영생 부활을 주시려고
부활을 통해서 그걸 증명해 주신 거예요.
아멘—! 아이고, 비가 오는구나.
이렇게 비도 오고
햇빛도 주시고
다 만물의 하나님께서 내려 주시니 감사하구나.

할렐루야! 맞습니다.
늦은 비와 이른 비를 골고루 주시고
선인이든 악인이든
다 은혜를 주셔서
하나님께 돌아오기를 원하시는 것이죠.
그러게, 하나님 감사합니다.

어머니, 오늘 고백한 모든 것, 성경에 쓰여 있어요.

아이고 눈이 침침해서 성경을 못 읽어.

성경 못 읽으셔도 돼요.

어머니가 고백한 모든 것이 성경에 다 쓰여 있으니까요!

오늘 만 80세 초신자 어머니의 기도는 은혜롭고 깊고 넓었다.

박은혜
(Grace Park)

대학로 UBF에서 성경공부(1981.9~1990)
적십자 간호대(현 중대 간호학과) 졸업
사우디아라비아 간호사 선교사(1985~1987)
미국 뉴저지 개척 선교사(1990.5~현재)
미국 간호사 근무(1990~2003)
New Brunswick Theological Seminary에서 Pastoral Care Counseling 석사
뉴저지 영어어학원 원장(2003~2020)
현재 뉴저지 Early Childhood development center 원장

9월 마중

올해
삶과 죽음 사이를 함께하고
나와 오랜 휴식을 같이
보내주었던 8월

너와 손에 손을
다정히 잡고
9월 마중을 가보자꾸나.

네가 없었다면
나는 결코 9월을
맞이할 수 없었을 것을

긴 터널과 같았던
지난 8개월
이제
터널 밖으로 보이는
푸른 하늘과 저 푸른 평원

그곳에서
익어가는
밀과 보리를 만나러 가자

올 한해
이루지 못했던
꿈과 정열을
이제 이 9월에
쏟아부어 보자꾸나.

뇌의 실핏줄을 연결하고
신경들을 깨워
싸늘하게 식은 심장을 불태워

꿈과
희망과
비전을
설렘으로 산울림 하여

드높고
푸른 하늘에
띄워 보자꾸나.

네가 있었기에
난 또
두 눈을 푸른 하늘에 꽂을 수가 있고
노래를 다시 부를 수 있게 되었다

우리 함께
손에 손을 잡고
9월 마중 가자꾸나.

나와 함께
또 힘차게
창공을 향하여
날아줄 것을
새끼손가락 걸고

약속해주길 바란다

9월
바로 내일이다.
뜨거운 마음으로
설레는 마음으로
마중 나가마!

　　*2020년 코로나 팬데믹 겪은 후, 8월 31일 아침에 쓴 시

새해 아침의 기도

새해에는
당신께서 빚으소서

새해에는
당신께서 허락하소서

이방인의 빛이 되게 하시고
당신의 구원이
땅끝까지 이르게 하소서

새해에는
당신의 전을 짓게 하소서
무너진 성터에
당신의 거룩함과
당신의 영광이 거하게 하시고
당신의 권능과 보좌가 임하여
무너진 질서와 깨어진 관계를
회복하게 하소서

새해에는
당신의 맑은 영혼이
내게 임재하여

내내 거룩하며
내내 아름다우며
내내 신실하며

사랑스러우며
빛나며
지혜로우며
신비함으로 설레며

모든 것을 세우며
온전한 하모니를
이루게 하소서

새해에는

당신의

찬란한 영광이

빛을 비추게 하소서.

*2019년 새해 아침에 이사야 49:6절 말씀을 붙들고

두고 온 고향

두고 온 고향
너울대는 그리운 산천
하늘되어 내 마음 위에
떠 있습니다

두고 온 고향
넘실거리는 푸른 동해
갈매기 되어 내 머리 위를
맴돕니다

두고 온 고향
송진 향진, 청청한 소나무밭
이름 모를 향기 되어
내 자리를 따라다닙니다

두고 온 고향
할아버지, 할머니, 삼촌, 이모, 사촌, 오고 조카들...
동아리를 튼 뿌리 되어

나를 서 웨 합니다

두고 온 ʒ
향긋한 맛 싱그러운 생선
구수한 ζ 옹알이, 도토리 메밀묵
허기진 쇠어
나를 그ᵈ합니다

두고 온ː
오죽헌 ᵘ당 되어
기개와 관이 높은 빛 뿌리며
나를 베 합니다

두고 ᵗ
네가 :있기에
더욱 ᵗ
아련힄습니다

그러나
하늘에 두고 온 나의 본향은
더욱더 아름답고
사무치게 그립습니다.

푯대를 향하여

지난 30년
뉴저지 개척 역사

이제
새로운 30년을 바라보아야
새해입니다

지난 30년간 달려왔던
모든 아쉬움을 뒤로하고
푯대를 향하여 달려야
새해입니다

이제
새로운 지평선이
하늘의 문 되어
구르지만 말고
달리지만 말고
날아야 합니다

저 하늘
저 높은 곳을 향하여
승천해야 합니다

제가
밟을 땅이 아니라
제가
날아야 할
저 푸른 하늘 말입니다

새 마음
새로운 삶
새로운 각오
새로운 기도가 생겼으니

이제
새해인가 봅니다.

*2021년 새해를 맞으며

이 여름의 불꽃이

여름의 끝자락이
슬퍼 보이지 않는 것은
폭염 가운데 흘린
땀방울과 기도가
헛되지 않음이요

이리 비전과 소망이 넘치니
가슴의 고동 소리가
벅참이라

이제 차분한 가을 소리가
귓가를 스치며
마음을 가다듬으니

알알이 맺힌
결실의 열매를
농부의 마음으로
거두어 보아야지

아직도
하늘 한가운데 자리한
고고한 태양 빛이
남아 있는 여름을 완성하고 있네

부디
사명의 땅으로 향하신
그분의 대사들이
복음의 새 역사를 쓰실 때

이 여름의 불꽃이
찬란하게 타올라
하늘 보좌를 움직이고
주님 재림을
바라보게 하소서!

*2018.8 GLEF와 ISBC 손님 120명 섬긴 후 감사함으로 쓴 시

마음

마음은
꽃밭입니다
가꾸지 않으면
잡초만 무성합니다

마음은
호수입니다
잔잔한 그림과 같은
평화의 장소입니다

마음은
성전입니다
진리와 거룩으로
계속 가꾸고 닦아야 합니다

마음은
태양입니다
빛을 담은 마음은

빛을 발하고
어둠을 거두고
생명을 살리게 합니다

마음은
사랑하는 곳입니다
하나님을 사랑하든지
자기를 사랑하든지
세상을 사랑하든지
사단을 사랑하든지
어두움을 사랑하든지
우상을 만들어 사랑합니다

마음은
거울입니다
하나님을 사랑하는 자는
하나님을 볼 것이요

자기를 사랑하는 자는
죄인의 모습을 볼 것이요

세상을 사랑하는 자는
종노릇 하는 자신을 볼 것이요

사단을 사랑하는 자는
죽음 맛을 볼 것이요

어두움을 사랑하는 자는
어두움의 열매를 딸 것이요

우상을 사랑하는 자는
공허와 상처가
가슴을 찢을 것입니다

마음은
꽃밭입니다

마음은
호수입니다

마음은
성전입니다

마음은
태양입니다

마음은
사랑하는 곳입니다

마음은
거울입니다

내 마음이
하나님 나라를 꿈꾸는 감격으로
날마다 충만하기를 기도합니다.

배마리아
(Maria Bae)

본명 김근지
제주 UBF에서 성경공부(1991~95)
제주대 식품영양학과 졸업(1995)
세르비아 선교사(1995-2007)
크로아티아 개척 선교사(2007~현재)
현지 여행사 근무(2011-2020)
서울 문화예술대 한국 언어 문화학 졸업(2019)
현재 한글교사 자원봉사

예수님의 복음

썩은 나무 같은 당신,
나는 왜 이럴까 절망하지 말아요.
당신은 주님의 영광을 위한 분이죠.
당신 속에 주님의 생명 나타내려 하심이죠.

거친 돌과 같은 당신,
나는 왜 이럴까 절망하지 말아요.
당신은 주님의 영광을 위한 분이죠.
당신 속에 주님의 형상 조각하려 하심이죠.

똑똑하지 못한 당신,
나는 왜 이럴까 절망하지 말아요.
당신은 주님의 영광을 위한 분이죠.
당신 속에 주님의 지혜 채워주려 하심이죠.

못난이라 생각하는 당신,
나는 왜 이럴까 절망하지 말아요.
당신은 주님의 영광을 위한 분이죠.

당신 속에 주님의 능력 불어넣기 위함이죠.

약한 데서 온전하여지는 은혜,
그것이 바로 예수님의 복음이죠.

나의 작은 정원에서

하나님은 나에게 에덴동산을 주셨지요.
초록색 향나무, 진홍색 사파니아, 분홍색 사파니아
진분홍 하얀색 섞인 베고니아, 빨간 베고니아
분홍색 하얀색 섞인 페투니아, 분홍색 채송화, 초록색 깻잎…

때를 따라 햇빛과 맑은 공기와 비를 주시고,
내가 하는 일이란,
하루나 이틀에 한 번 물을 주며
하나님이 주신 에덴을 가꾸며 기쁨을 누리는 것.

하나님은 모든 것을 주시고,
나로 주님의 생명 구원 역사에 동참하게 하시죠
주님이 다 행하시는 역사 속에 나의 작은 역할을 주시고
같이 열매를 누리게 하시죠.

주님의 섬김, 주님의 크심, 주님의 사랑,
다 헤아릴 길 없지만, 헤아려 배워가게 하소서!
하나님을 닮은 주님의 자녀 되게 하소서!

하나님의 크심같이
나의 마음도 크게 하여 주소서!

하나님의 자비하심

날마다 내가 보고 누리는
하늘, 나무, 분홍, 보라, 노랑, 흰색 꽃,
눈에 보이지 않는 공기,
값 주고 살 수 없는 이 귀한 것들을
값없이 누리게 하시는 하나님의 자비하심

선인과 악인에게도,
깨닫고 감사하는 자, 깨닫지 못하고 하나님을 대적하는 자에
게도,
변함없이 우주, 자연 만물의 혜택을 누리게 하시는
하나님의 사랑 한량없구나!

부모가 반발하는 사춘기 자녀를 품고 감당하고 사랑하여
변함없는 사랑으로 필요한 모든 것을 공급하듯,
반역하는 인간들을 오래 참고 감당하시며
변함없이 우주, 자연 만물의 혜택을 누리게 하시는
하나님의 사랑, 하나님의 자비하심이 한량없구나!

하나님의 자비하심을 누리는 나,
하나님 아버지를 닮아
선인에게뿐만 아니라, 악인에게도 자비를 베풀어
주님 주신 것들을 값없이 함께 나누며 살아가리.

하나님의 지혜

맑게 비취는 가을 햇살, 청명한 파란 하늘,
저 파란 하늘 뒤에 보이지 않는
우주 속에 펼쳐진 수많은 별과 은하수들…
누가 이 광활한 우주, 그 속에 조화를 지으셨을까?
오직 하나님!
그 지혜 헤아려 알 길이 없구나, 하나님께 경배!

보라색 사피니아, 분홍색 베고니아, 초록색 깻잎,
햇빛과 물, 주님이 주시는 양분을 받아 광합성을 하며
스스로 자라나고 잎이 나고 꽃을 피우도록 설계한 시스템,
식물 속에 일어나는 놀라운 생화학 반응,
누가 식물 속에 이 놀라운 시스템을 만드셨는가?
오직 하나님!
그 지혜 헤아려 알 길이 없구나, 하나님께 경배!

만물의 영장인 인간,
생각하고 말하고 걸어 다니고 먹고
먹은 것의 영양분을 몸속으로 흡수하고

지독한 가스를 내장 속에 안전하게 보관했다가
때마다 자동 배출하는 시스템,
인간의 몸속에 일어나는 놀라운 생화학 반응,
누가 인간 몸속의 이 놀라운 시스템을 만드셨는가?
오직 하나님!
그 지혜 헤아려 알 길이 없구나, 하나님께 경배!

수천, 수억 년이 지나도 인간의 지혜,
하나님의 지혜에 감히 견주지 못하리!
하나님을 부정하는 것은 인간의 오만과 교만,
하나님의 자녀들아! 하나님 편에 서서 뛰어라!

하나님의 지혜가 세상의 지혜 앞서리,
하나님의 자녀들 통해 하나님의 영광 드러내시리!

주님 가신 그 길

사람들이 환영해주지 않는 길을,
주님은 왜 굳이 그 길을 가셨을까?
사람들이 알아주지 않는 길을,
주님은 왜 굳이 그 길을 가셨을까?

사람들이 환영해 주지 않아도
주님 그 길을 선택했네, 나를 위해서.
사람들이 알아주지 않아도…,
주님 그 길을 선택했네, 나를 위해서.

나도 따라가리, 주님이 가신 그 길
사람들이 환영해주지 않아도
사람들이 알아주지 않아도…
선택하려네 그 길, 주님 가신 그 길,
주님이 사랑하는 크로아티아 양들을 위해서.

인간, 하나님의 걸작품

하나님의 능력은 참으로 대단하구나!
스스로 자라나는 나무를 만드셨으니.

하나님의 능력은 참으로 대단하구나!
스스로 피어나는 꽃을 만드셨으니.

하나님의 능력은 참으로 대단하구나!
스스로 날아다니는 새를 만드셨으니.

하나님의 능력은 참으로 대단하구나!
스스로 걸어 다니고, 자라나고, 생각하고
하나님을 예배하는 인간을 만드셨으니.

다양한 하늘을 보며 감탄!
다양한 나무를 보며 감탄!
다양한 꽃을 보며 감탄!
그중에 인간은 만물의 영장,
걷고 생각하고

하나님과 교통하는 인간들은 하나님의 걸작품.

나무, 꽃, 새를 보며 감탄하듯
감탄하라! 하나님의 걸작품에

나무, 꽃, 새를 보며 사랑하듯
사랑하라! 하나님의 걸작품을

정원의 꽃을 가꾸듯
애정으로 가꾸라! 하나님의 걸작품을

때마다 물주고, 때마다 햇빛 주고
흙으로 덮어주고, 바라봐 주고 관찰하는 것처럼
때마다 필요를 채워주고
때마다 사랑 주고, 맛있는 것 해주고
애정으로 바라보고 관찰하며 키우라! 하나님의 걸작품을
하나님의 영광 그 속에 충만히 드러나도록.

양다니엘라
(Daniela Yang)

천안 UBF에서 성경공부(1995~2005)
상명대 불어불문학과 졸업(1995)
오스트리아 그라츠 선교사(2005~2006)
오스트리아 비엔나 선교사(2006~현재)
오스트리아 공인 가이드(2016~현재)

장미꽃과 벽난로

연분홍 장미꽃 한 다발 처음 내게 왔을 때는
내 인생 영광의 향기를 풍기어주더니
거꾸로 머리 박고 벽에 걸려 말라간다.
네 운명 안타까워 가까이 맡아보니
여전히 향긋하다.

아! 내 인생 마르는 향기여라!

벽난로에 이글거리는 장작더미
처음 네가 타오를 적에는 화끈화끈
불타는 사랑이더니
검붉은 숯이 되어서는 따스한 사랑,
툭툭 부러지다 재가 된 지금은
등 대고 돌아누운 우리 사랑 같다.

아! 벽난로 장작 타는 냄새
내 인생의 또 하나의 향내여라!

시를 읽다

문학잡지에 실린 시를 읽습니다.
제목을 읽고
시인의 이름을
힘주어
내 이름 석 자처럼 또박또박 읽습니다.
잠깐 생각합니다.
이분은 어떤 분일까?
모르는 분인데, 이름 참 예쁘다.

이제 그의 삶을 읽습니다.
혹은 그의 사랑, 그의 아픔
혹은 그의 행복, 그의 그리움

이제 나의 사랑, 아픔, 행복, 그리움을
읽어 내려갑니다.
가슴을 후려 파고 잔잔히 치료하는
시
시는 내 마음의 별이고 은하수입니다.

슬픔

너에게 손을 대니 피아노 소리 난다
너와 악수하니 바이올린 소리 난다
너를 만지니 비올라 소리 난다
너를 안아보니 첼로 소리 난다

이제 감미로운 피아노 5중주 들려오는데
완벽히 아름다운 하모니인데

너에게선 아무 소리 나지 않는다
네 마음 줄 어디에 있니?

예수님의 발자취를 따라

유대인의 몸으로 태어나 유대 땅에 사신 예수님
유대 옷을 입고, 유대 음식을 드셨지.
히브리어를 익히고, 모세 율법을 배우셨네.

가계 전통을 따라 목수가 되신 예수님
거친 나무를 깎고 잘라 못질하시며 가구를 만드셨네.
그의 손엔 연필과 자, 못과 망치가 들리었네.

어느 날 그에게 운명적인 날이 왔네.
하나님의 어린 양이며 우리의 구원자로서의 길을 시작하는 날!
가족과 고향을 떠나 광야로 몰리셨네.
사십 일 동안 금식하시며 기도로 어려움을 이기고
사랑하는 제자들과 복음 영접하는 이들을 만났네.

어릴 적부터 하나님을 공경하고,
우리 인생을 깊이 이해하신 예수님
자기의 십자가 죽음을 알았을 때 얼마나 놀라셨을까?
세상을 곧 떠날 것을 알았기에

그 짧은 시간을 가장 보람 있게 보내셨네.
죽음을 이길 것이기에,
죽음을 두려워하는 자들을 능히 위로할 수 있으셨네.

영광스럽게 부활하셔서 만민의 주가 되신 예수님!
당신의 발자취를 따라
나도 오늘 나의 길을 성실히 걷게 해주십시오.

유한나
(Hanna Ryu)

대학로 UBF에서 성경공부(1978.10~1986.9)
이화여대 독어독문학과 및 동 대학원 졸업(1983)
한국여성개발원 연구원(1983.9~1986.9)
독일 Bonn UBF 선교사(1986.9~1988.10)
독일 Mainz UBF 개척 선교사(1988.10~현재)
〈그린에세이〉유럽 편집위원, 〈유럽한인문학〉편집위원

광야의 하나님

자비의 주님 찬양하리.
상한 갈대 꺾지 않으시고
꺼져가는 등불 끄지 않으셨네.

신실하신 주님 찬양하리.
변치 않는 사랑으로
이제까지 우리 인도하셨네.

뜨거운 낮에는 구름 기둥으로
캄캄한 밤에는 불기둥으로
날마다 생명의 양식 주시고
때마다 용서의 생수 마시게 하셨네.

험하고 높은 산 바라보며
연약한 우리 어쩔 줄 모를 때
태산을 던지는 믿음 심으셨네.
전능하신 하나님을 믿는 믿음으로
태산을 바다에 던졌네.

소망의 주님 찬양하리.
장미 한 송이 피지 않는 사막에서
우리 지쳐 쓰러질 때
너희는 거룩한 백성, 왕 같은 제사장!
소망의 말씀 주셨네.

비전의 하나님 찬양하리.
우리에게 성령을 부어주시네.
우리의 딸과 아들은 예언하고
우리의 젊은이들은 환상을 보리.
늙은이들은 꿈을 꾸며 즐거워하리.
우리 눈을 열어 그의 비전 보게 하시네.
가서 천하 만민에게 복음 전하라.
모든 족속으로 주의 제자 삼으라.*

회개와 기도로 성령의 능력 받으세.
모든 족속이 주의 제자 되어
하늘에 계시는 우리 아버지

한 입으로 장엄하게 찬양하는 비전 보며
온 천하에 다니며 세상 만민에게 복음 전하세.
영광의 주님 다시 오실 때까지.

그가 우리의 모든 눈물 닦아주시고
빛나는 의의 면류관 씌워주시리.
세상 끝날까지 주님이 우리와 함께하시리.

*마태복음 28장 19.20절,
2018년 10월 마인츠 개척 30주년 감사예배 축시

참 경배

고단한 밤,
유대사람들은 슬픔과 절망에 빠져 깊이 잠들었네.
이때 먼 동방에는 세 동방 박사가 깨어
하나님이 언약하신 메시아의 별을 찾고 있었네

마침내 그들은
밤하늘에 찬란히 빛나는 큰 별을 보았네.

그 빛나는 왕별을 따르려
그들은 모든 것을 떠났네.
그 별이 그들의 진정한 희망인 것을 알았네.

그 별이 그들의 유일한 경배 대상인 것을 알았네.
그 밤, 세 동방 박사가 멀고도 힘든 순례길 떠나는 것을
아무도 알지 못하였네.

춥고 캄캄한 밤, 달빛이 그들의 길을 따스하게 밝혀 주었네.
뜨거운 대낮, 시원한 바람이 그들의 길을 동행하였네.

산과 강물이 그들의 발걸음 소리를 귀 기울여 들었네.

드디어 베들레헴 작은 외양간 위
왕별이 멈추어 선 것을 보고
그 안에 들어가 말구유에 누인 아기를 보았네.
그에게서 왕의 위엄과 광채가 뿜어 나왔네.
그 앞에서 그들의 비천함이 낱낱이 드러났네.
그들은 엎드려 전심으로 그에게 경배하였네.

먼 여행에서의 고단함은
큰 기쁨으로 바뀌었고
사랑과 평화로 다스리는 왕 중의 왕,
우리의 죄를 용서하려 그의 몸을 십자가에서 제물로 바쳐
제사를 지내는 대제사장으로 오신 분에게
황금과 몰약과 유황을 경배 선물로 드렸네.

왕으로 오신 아기에게
그들의 보배합을 열어 헌신의 사랑을 바쳤네.

왕으로 태어나신 아기를 만백성에게 전하려
그들은 다시 먼 길을 떠났네.

오늘도 그들은
겸손히 구유에 태어나신 사랑과 평화의 왕 아기 예수님께
보배함을 열어 경배 드리는
참 기쁨의 비밀을 우리에게 전하고 있네.

오늘도 그들은
세상의 사라질 일시적인 것이 아닌,
영원한 사랑과 평화의 왕으로 오신 분에게
우리의 순수한 사랑과 헌신으로 경배하도록
참 경배의 모습을 전하고 있네.

우리의 사랑과 진리, 평화의 왕,
왕 중의 왕으로 태어나신 예수님께
사랑의 보배함 열어 전심으로 경배 드리는
기쁜 성탄절 되길!
축복된 순례길 되길!

그날은 오리

소풍 나왔던 이 세상
한바탕 놀이마당 끝나고
해 저물면
집에 돌아가야 하는
그날은 속히 오리.

길고 긴 폭염의 날 지나
갑자기 천둥소리 후 장대비 쏟아지듯
하늘 천장 뒤흔드는
천상의 나팔소리 울리며
심판의 불비 쏟아지는 날
그날은 도적같이 오리.

하루의 첫 시각이 지나
캄캄한 마지막 시각이 오듯
한해 여는 동트는 시각이 열린 후
마지막 그믐날 밤 찾아오듯

이 세상 끝을 알리는
그날 그 시각은 홀연히 오리.

그날을 기다리며
두 손 모아 가족과 이웃을 위해 기도하며
약한 자, 병든 자, 가난한 자 섬기고 사랑하며
만민에게 구원의 복음 전파하리.

영원하고 영광스러운 하늘 본향 그리며
오늘도 깨어 하늘 구름 바라보리.

영원하고 온전한 대제사장

우리에게 영원하고 온전하신 대제사장 있네
천군 천사보다 뛰어나시고
십계명 받은 모세보다 뛰어나신 분
하나님 영광의 광채, 본체의 형상이시네

죄와 죽음의 그늘에 앉아
끝없이 고통 받던 우리 구원하시려
하나님의 어린 양, 희생제물 되셨네
십자가에 못 박히시는 처절한 고통!
세상 죄짐 지시고
마지막 핏방울까지 뚝 뚝 뚝 흘리셨네.

그의 몸을 단번에 버리심으로 우리, 거룩함을 얻었네.
그의 피의 은혜 힘입어 우리, 성소에 들어갈 담력 얻었네.
그 길은 우리를 위하여 휘장 가운데로 열어 놓으신
새롭고 영원한 생명의 길

영원하고 온전한 대제사장 예수님,

우리의 허물과 연약함 아시고
우리와 같이 모든 일에 시험받으셨네.
죽음 권세 이기시고 승천하시어 하나님 보좌 우편에서
말할 수 없는 탄식으로 우리 위해 간구하시네.

때를 따라 도우시는 그의 긍휼 구하며
은혜의 보좌 앞에 담대히 나아가세

하늘의 부르심을 함께 받은 우리,
믿음의 완성자 예수님 늘 바라보며
우리 앞에 놓인 믿음의 길, 인내로 끝까지 달려나가세.

하나님을 기쁘시게 하는 믿음의 영웅이 되어
영광과 승리의 그날,
그분이 예비하신 찬란한 의의 면류관
벅찬 마음으로 받아 쓰기까지.

*2018년 8월 미국 UBF 국제수양회
선교사 수양회 히브리서 공부 후

광야에서

1.
광야에서 하나님은 우리를 40년 동안 인도하셨네.
그는 날마다 우리와 함께 하셨네.
뜨거운 대낮에는 구름 기둥으로,
캄캄한 밤에는 불기둥으로.

날마다 우리의 선한 목자 되시어 우리를 돌보셨네.
새벽마다 하늘에서 내리는 양식,
만나로 우리를 배불리 먹이셨네.
우리의 영혼의 갈증을 생수로 해갈시키셨네.

날마다 우리 편이 되셔서 싸우셨네.
우리 앞에 넘실거리던 홍해를 가르셨네.
우리를 에워싼 적들을 물리치셨네.

날마다 우리를 그의 소망 안에서 키워주셨네.
우리에게 사랑과 공의의 계명을 주셨네.
영광스러운 왕 같은 제사장 옷을 우리에게 입히셨네.

변함없으신 사랑과 신실하심으로
신실하지 못하고 목이 곧은 우리를 참으시고
거룩한 백성, 왕 같은 제사장으로 세워주신 하나님을 찬양하리.

2.
너른 들판에 널린 마른 뼈들을 보시고
하나님의 마음은 부서지는 듯 상심하셨네.
이제, 우리에게 거룩한 명령을 주시네.

너, 하나님의 사람아! 이 뼈들에게 대언하라.
너희 마른 뼈들아, 하나님의 말씀을 들으라! *

하나님의 영이 마른 뼈들을 다시 살리실 것이네.
에스겔처럼 그분이 하나님이심을 우리는 깨닫게 되리.

마른 뼈들과 같은 우리를 살리시고
그의 영원한 나라를 위한

하나님의 큰 군대로 세워주신 하나님을 찬양하리!

*에스겔 37장 10절,

2021년 9월 Bonn 개척 41주년 감사예배 축시

이사라
(Sarah Lee)

본명 강영미
서울여대 국어국문학과 졸업(1988)
종로 UBF에서 성경공부(1985.여름~1989.7)
스위스 제네바 선교사(1989.7~ 현재)
주 제네바 대표부 근무(1989.7~현재)

사랑일까?

마음을 다하고
뜻을 다하고
목숨을 다하여
사랑한다는 것은

모든 것을 다 갖고 계신
그분에게만 가능한 것일까?

받고 또 받고
그렇게 받고만
산다.

산에는 메아리
호수는 하늘을 머금고 있다.
흩어진 내 마음은
무엇을 비출까?

빨 주 노 초 파 남 보

받고 또 받고
그렇게 받고만
산다.

빛 속으로

길 잃어버린 아이 같이
내 마음이 슬프고 어둡네

왜 왜 왜?

나는 빛으로 들어오라는
주님의 음성에
가만히 귀 기울인다.

빛을 향하여
말씀을 찾아서
기도 속으로
믿음 속으로
깊은 회개 속으로
유턴(U turn)이다!

온갖 세상 소식으로
머릿속이 뒤죽박죽

중독성이 있네

빛 속으로 들어오라는
주님의 음성에
난, 온 힘을 다하여
유턴(U turn)한다.

(요한복음 9장 5절)

아침 인사

안녕! 안녕하세요?
안녕! 안녕하세요?

늘 인사를 해도
안 받아 주는
무뚝뚝한 사람들이 있다.

한두 번도 아니고
한두 해도 아니고
나도 무척이나
순진하다.

나는 문득
나를 늘 영접해 주시는
주님을 생각해 본다.
변함없이 두 팔을 넓게 펴고
나를 기다리시는 주님!
안녕! 안녕하세요~

(계시록 3장 20절)

나도 가을이 된다

바람에 뒹구는 낙엽과 함께
가을이 성큼 다가온다.
춤추는 나무들이
긴 수면을 위한 이별을 햇살에 속삭인다.

잠잠한 상록수들은 준비가 되어 있다.
철새들의 화려한 군무가 더욱더 빠르고
사람들의 발소리에 이미 겨울이 느껴진다.

아침 비와 함께 나도 가을이 된다.

한여름의 알프스 추억

찬란한 햇빛을 내뿜는
내 고향의 무더위 물씬 만끽한 올여름
한 점 구름 없는 파아란 하늘 바라보며,
빙하 물소리 마른 강바닥에 발을 담그고 눕는다.
태고의 소리를 마음에 담고 내려온 비밀의 정원 슈스턴파스!
엥겔스텐 소의 방울 소리와 함께 온몸에 쟁쟁하다.
선녀가 나올 것 같은 폭포수들의 행렬을 지나니,
티틀리스의 구름이 손으로 만져질 듯 가까이 다가온다.
에메랄드빛 엥겔스텐 호수를 한껏 주름잡는
작은 새들의 빠르고 명랑한 춤

여름 햇빛을 머금고 신의 한 수를 놓는다.

때를 맞추어 들리는 교회의 종소리가
마음을 다하여
주 너의 하나님을 사랑하고 섬기라는 말씀에 화답한다.

진요섭
(Josef Chin)

본명 진주섭
경성 UBF에서 성경공부(1994~2004.9)
경희대 의대 졸업 (2000)
노르웨이 베르겐 개척 선교사(2004. 9~현재)
현재 Vaksdal kommune에서 일반의로 근무

일상의 묵상

낯선 땅에 발 디디고,
늘 이방인으로 살다가
그리운 고국 땅을 밟아도
더는 내 집으로 여겨지지 않을 때
하늘을 보며 생각합니다.
세상에서 나는 나그네가 되었구나.

무심한 사람들 속에 살며
마음 드려 전한 말들이
버려진 듯 메아리 되어
내 마음에 돌아올지라도
인을 품고 마음에 아로새겨
그 흔적을 노래합니다.

죄와 실수만 가득 찬 날,
모든 것 다 내려놓고 싶은 날에
내 맘과 상관없이 귀익은 찬송이
저절로 내 입에서 흘러나오면

나는 금세 알아차립니다.
누군가가 나를 위해 기도하고 있구나!

어느새 부끄러운 것 없이
하나가 되어버린 아내와
평안히 잠든 볼 발그레한 아이들을 볼 때면
믿음의 가정의 비밀 하나 발견한 듯
감사가 차오릅니다.

일상의 묵상 속에,
삶의 거룩함을 느끼며,
하나님 나라는 너희 안에 있다 하신 그분의 말씀을
이제 조금 알 듯합니다.

낮은 자들의 나라

천국엔 높은 사람이 없었으면 좋겠어요.
그렇겠지요.
당신께서 천국은 낮은 자들의 나라라고 하셨으니까.

사랑의 눈길, 선한 웃음으로 내게 달려오는 자
험악한 내 인생을 진주 같다고 말해주는 자
자신을 버리고 나 같은 모습으로 기꺼이 함께하는 자
아! 그런 당신과 함께 하는 것이 얼마나 은혜로운지요.

차가운 눈길, 꺼리는 몸짓으로 나를 멀리하는 자
함부로 내 인생을 가늠하여 고개를 젓는 자
자신을 높이어 높은 자리에 앉아 나를 내려보는 자
아! 그런 자와 함께 하는 것이 얼마나 피곤한지요.

하늘나라에서까지 이 땅의 권위와 가식이 통한다면
영원한 삶에 우리는 또 얼마나 겉모습에 얽매여 살아야 하는
지요.

그럴 염려 없습니다.
주님께서 천국에서 가장 큰 자는 섬기는 자라 하셨어요.
이름도 빛도 없이 섬긴 그대가 별과 같이 빛날 거예요.

낮고 낮은 베들레헴, 구유에 누이신 아기 예수님
이 땅의 낮은 자들에게 복이 있다 하신 예수님

낮은 곳으로 임하시는 하나님의 나라
낮은 자들의 나라를 사모합니다.

시골아이의 경배

내 어릴 적 기억나는
동산 위의 작은 교회

언덕 외길 올라가면
날 반기는 주님의 집

갈릴리의 형제 같은
꺼림 없는 내 동무들

추운 겨울 기다리던
성탄의 밤 다가오면

성탄 연극 성가 경연
큰 기쁨의 좋은 소식

거룩한 밤 함께 모여
우리들의 천국 잔치

작은 촛불 손에 들고
새벽 송을 부를 때면

주름지신 할머니가
새벽기도 가시다가

기특하다 쓰다듬으며
하늘 축복 내리셨던

내 어릴 적 시골 마을
우리들의 사랑의 집

시골 아이 우리처럼
낮아지신 주 예수께

내 어릴 적 잊지 못할
우리들의 작은 경배!

질그릇에 담긴 보배

선교사 10인 공동시집